D1203199

Ian Beck

Perdido en la playa

Editorial Juventud

Para Lily

Los ositos viven tranquilos y felices, ¿a que sí?

Queda rigurosamente prohibida, sin la autorización escrita de los titulares
del copyright, bajo las sanciones establecidas por las leyes, la reproducción parcial
o total de esta obra por cualquier medio o procedimiento, comprendidos la reprografía
y el tratamiento informático, y la distribución de ejemplares mediante alquiler
o préstamo públicos.

Título original: LOST ON THE BEACH
© EDITORIAL JUVENTUD, S. A. 2002
Provença, 101 - 08029 Barcelona
e-mail: editorialjuventud@retemail.es
www.editorialjuventud.es

Traducción castellana de Élodie Bourgeois
Primera edición, 2002
Depósito legal: B. 30.558-2002
ISBN 84-261-3253-7
Núm. de edición de E. J.: 10.079
Impreso en España - Printed in Spain
Limpergraf, c/ Mogoda, 29, 08210 Barberà del Vallès

Era una calurosa tarde de verano en la playa. Lily jugaba en la arena. Osito estaba sentado junto a ella.

«Me gusta tu castillo de arena», dijo mamá cuando Lily acabó de hacerlo.
«Es un castillo para Osito», dijo Lily.

Mamá extendió una toalla y sentó a Osito en ella. «Vamos
–dijo mamá–, dejemos a Osito aquí, mientras vamos
por un helado.»

«Espera –dijo Lily, y ató un pañuelo en la cabeza de Osito–. Así estarás más fresco», le dijo.

Osito estaba tranquilamente sentado al sol. Pero, de repente, ¡oooops!, cayó de espaldas. Parecía que arrastraran su toalla.

Un perrito tenía una esquina de la toalla de Osito agarrada entre los dientes.

Cuanto más tiraba el cachorro juguetón...

... más tumbos daba Osito en la playa.

Cuando el perrito
lo soltó, Osito estaba
ya casi en las rocas,
muy, muy lejos
de su castillo
de arena.

Estuvo un rato escalando feliz por las rocas. En ellas había charcos de agua salada con todo tipo de animalitos.

Se lo estaba pasando muy bien chapoteando en el agua
hasta que, ¡uy!, un cangrejo lo pellizcó.

Luego se sentó para descansar un poco. De repente notó que su trasero estaba mojado. ¡Oooh! ¡La marea estaba subiendo!

Veía su castillo de arena al otro lado de la playa. Pero ¿cómo conseguiría volver a través del agua? ¡Estaba atrapado!

Osito vio unas gaviotas que volaban encima de él. Sin perder un momento, cogió su pañuelo. «¡Eh! ¡Aquí!», gritó.

Una gaviota muy amable se acercó a él y lo recogió.

¡Uuupa! Osito se elevó en el cielo.

¡Yuhu! Estaba volando entre las nubes blancas y algodonosas.

Luego..., ¡oooops!, Osito se soltó, y fue cayendo, cayendo
y cayendo hasta que...

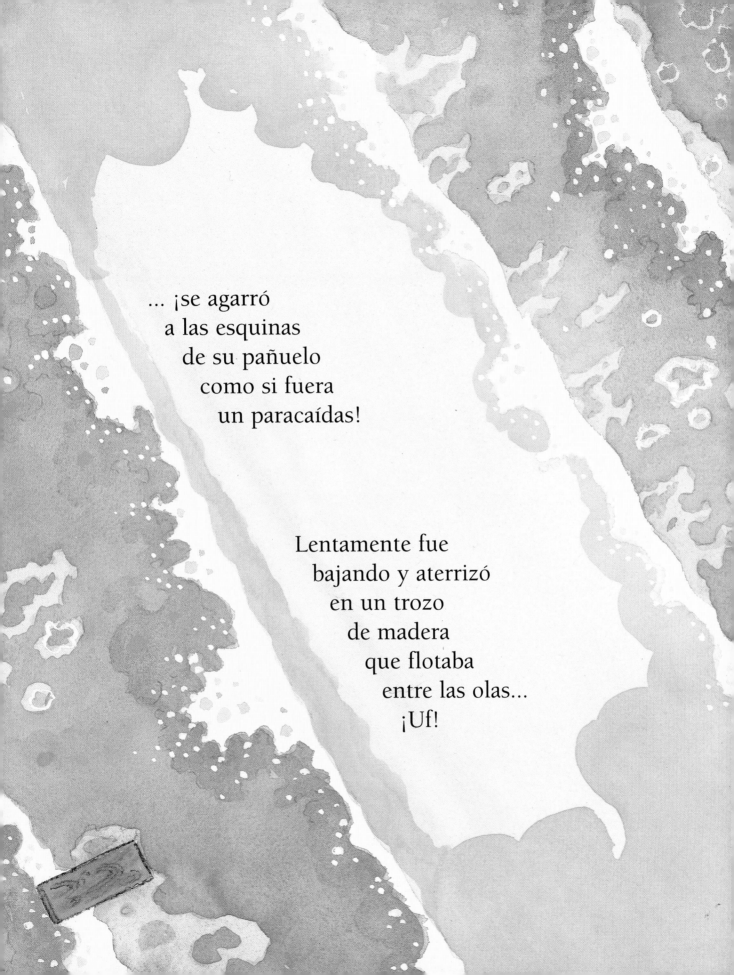

... ¡se agarró
a las esquinas
de su pañuelo
como si fuera
un paracaídas!

Lentamente fue
bajando y aterrizó
en un trozo
de madera
que flotaba
entre las olas...
¡Uf!

Osito se balanceaba entre las olas, arriba y abajo. De pronto, empezó a sentir frío. La playa parecía tan lejana…

«TENGO que volver junto a Lily», se dijo. Sólo veía la pequeña
bandera roja en su castillo de arena. Empezó a remar hacia él.

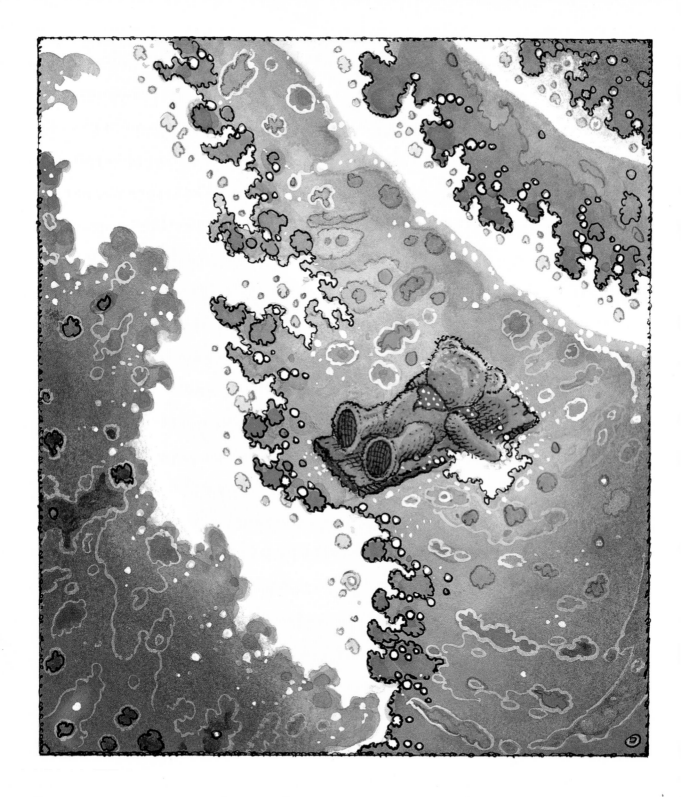

De repente oyó un bramido. ¡Una ENORME ola venía tras él!

La ola lo impulsó hacia arriba y más arriba, hasta que...

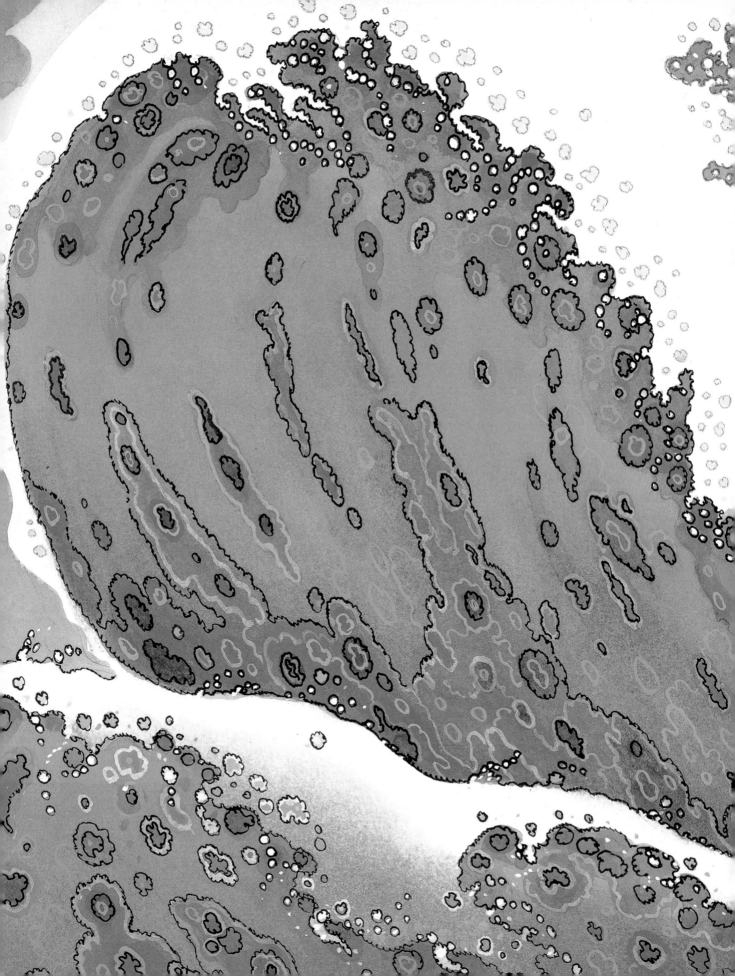

¡Yujuuu!
¡Estaba surfeando!
¡Qué divertido!

Cuando la ola rompió, Osito cayó, ¡pum!, en la arena.
Había vuelto a la playa, donde todo había empezado.

Era difícil caminar por la playa porque sus patas se hundían en la arena.

Pero por fin consiguió volver a su castillo de arena. Se ató
el pañuelo en la cabeza, se sentó y esperó.

Cuando Lily volvió, le dio un abrazo. «¡Oh Osito! –dijo ella–. ¡Estás empapado! ¿Qué te ha pasado?»

Buenas noches, Lily. Dos besitos.
Buenas noches, Osito. Felices sueños.
Pero nosotros sabemos lo que ha pasado, ¿a que sí?

E BECK   HWALP

Beck, Ian.

Perdido en la playa /

DISCARD

WALTER

10/12